Northbrook Public Library
3 1123 00693 9139

D0014927

¿Cómo se curan los dinosaurios?

EUOPLOCEPHALUS
CARNOTAURUS
TROPEOGNATHUS
PARASAUROLOPHUS
BRACHIOSAURUS
DILOPHOSAURUS
GALLIMIMUS
¡Cúrate pronto!
STYRACOSAURUS
VELOCIRAPTOR
TUOJIANGOSAURUS

EUOPLOCEPHALUS
CARNOTAURUS
TROPEOGNATHUS
PARASAUROLOPHUS
BRACHIOSAURUS
DILOPHOSAURUS
GALLIMIMUS
STYRACOSAURUS
VELOCIRAPTOR
TUOJIANGOSAURUS

JANE YOLEN

¿Cómo se curan los dinosaurios?

Ilustrado por

MARK TEAGUE

SCHOLASTIC INC.
New York Toronto London Auckland Sydney
Mexico City New Delhi Hong Kong Buenos Aires

Originally published in English
as *How Do Dinosaurs Get Well Soon?*

Translated by Pepe Alvarez-Salas.

This book was originally published in English in hardcover by
the Blue Sky Press in February 2003.

ISBN 0-439-54563-3

12 11 10 9 8 7 6 5 4 3 2 3 4 5 6 7 8/0

Printed in the U.S.A. 24

First Spanish printing, September 2003

Designed by Kathleen Westray

A David Francis Stemple, mi primer nieto

J. Y.

A Bonnie y Robbie, por soñar con dinosaurios

M. T.

Si un dinosaurio
pesca un resfriado,
¿lloriquea y gime
porque ha estornudado?

STYRACOSAURUS

¿Deja
pañuelos sucios
por todos
lados?

¿O lanza
sus medicinas
malhumorado?

¿Quita
con la cola
la ropa
de su cama?

¿O arroja
su jugo
y se esconde
en un cubo
de muy mala gana?

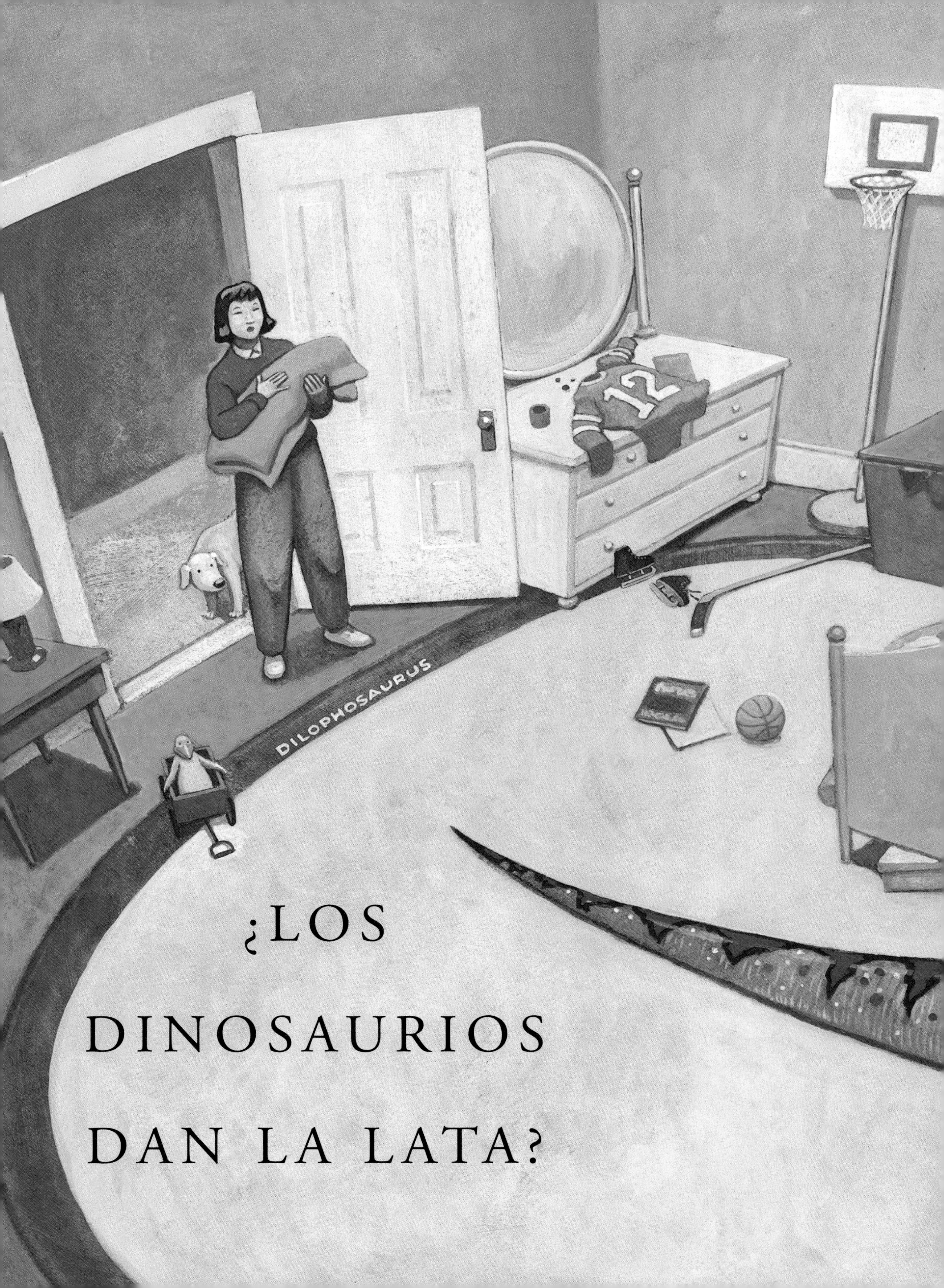

DILOPHOSAURUS

¿LOS

DINOSAURIOS

DAN LA LATA?

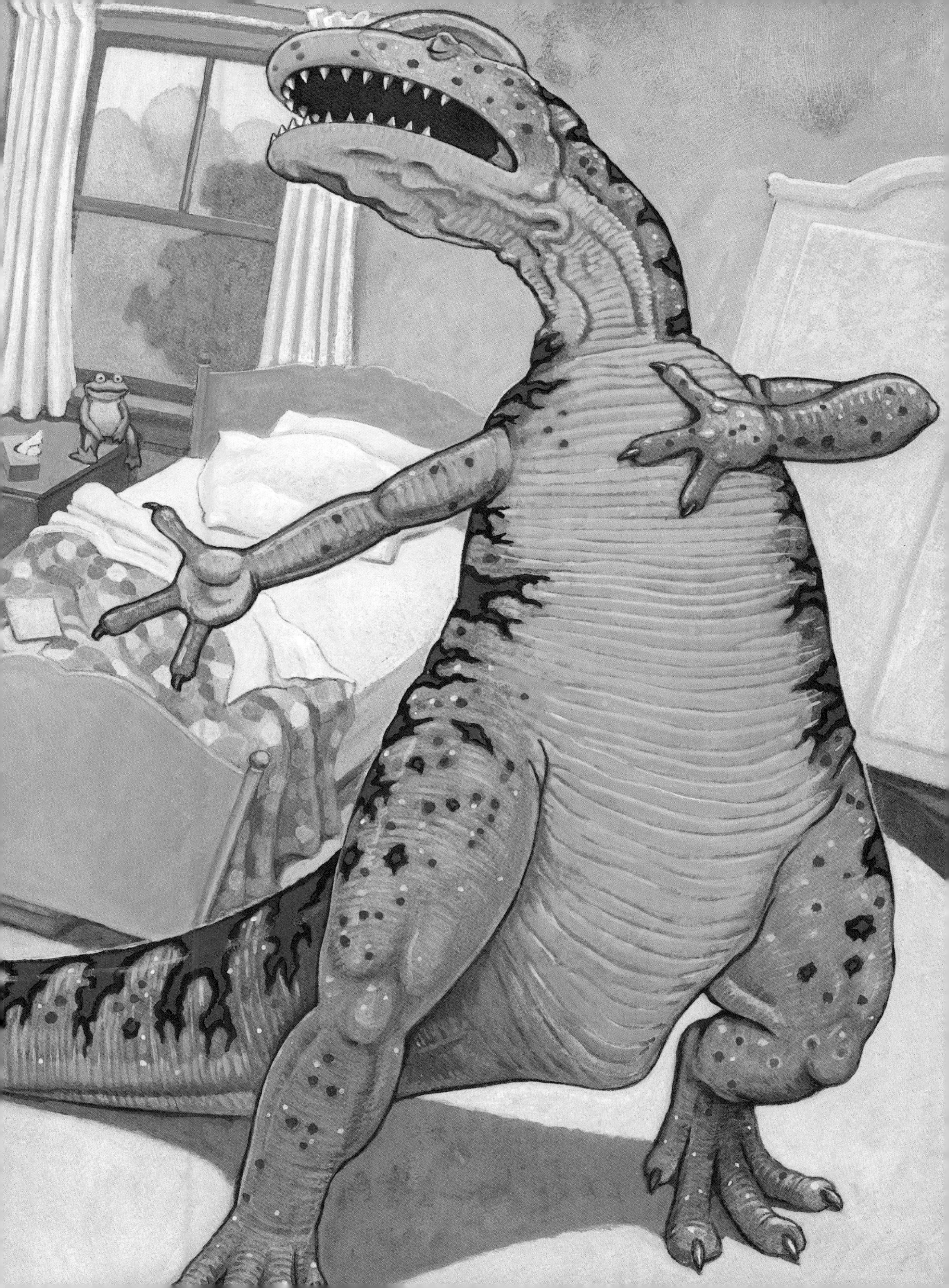

¿Qué hace un dinosaurio
cuando va al doctor?

¿Se resiste a entrar y pone

a su mamá de muy mal humor?

CARNOTAURUS

¿Desobedece
cuando le dicen
“Abre la boquita”?

VOGUE

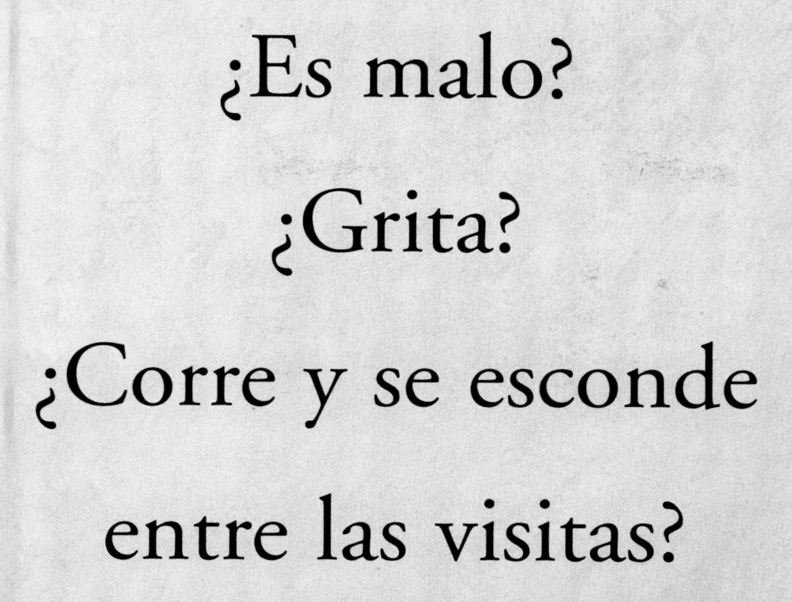

¿Es malo?

¿Grita?

¿Corre y se esconde

entre las visitas?

¿Rechaza su bebida
y tira en el lavabo
cada medicina?

¿Esto es lo
que crees?
Pues mira…

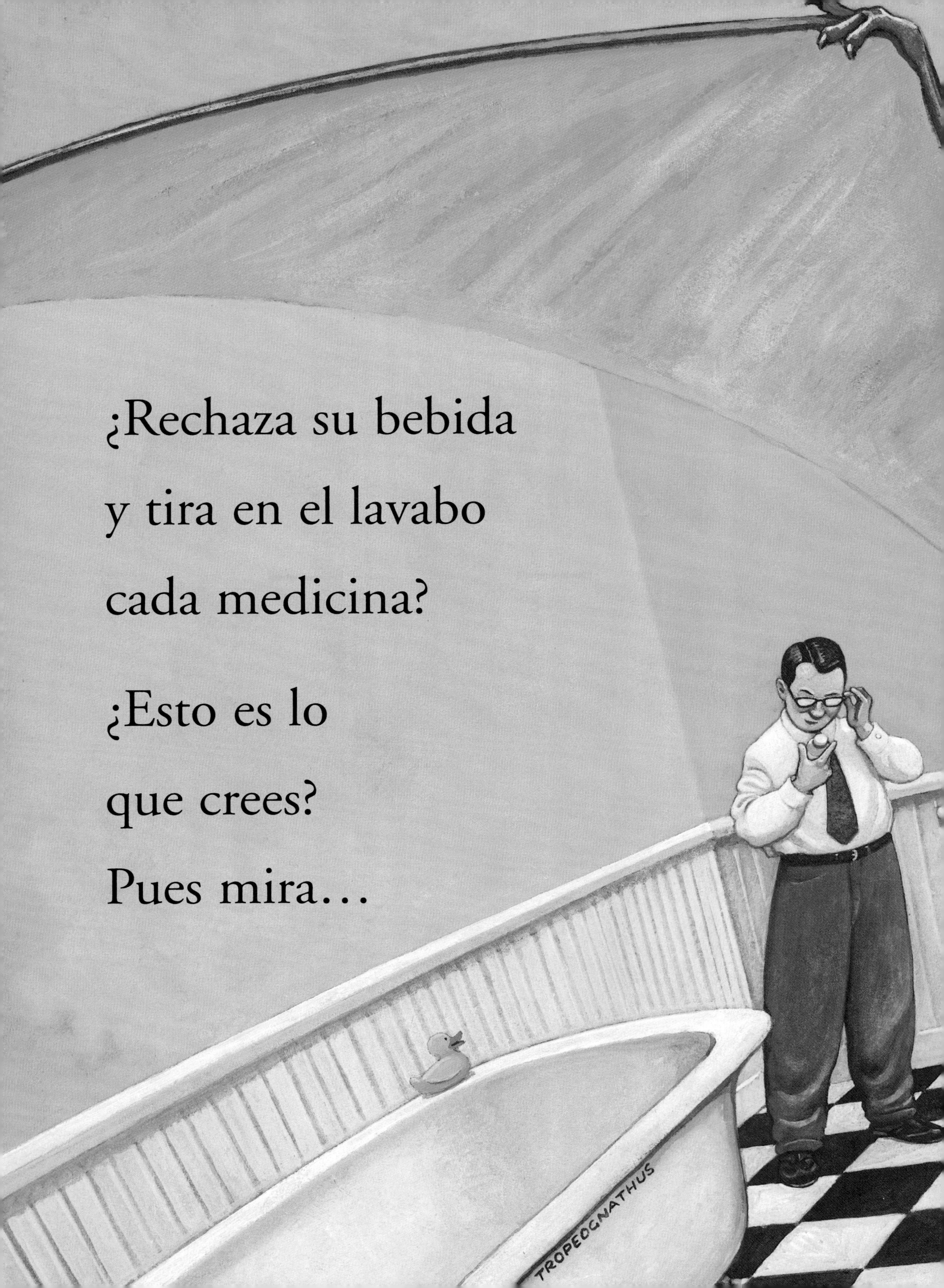

Toma mucho jugo
y duerme muchas horas.
Se porta muy bien
si ve a la doctora.

Se suena
la nariz
con un pañuelito
y se mete
en la cama
muy abrigadito.

VELOCIRAPTOR

No se queja nada
y toma sus pastillas.

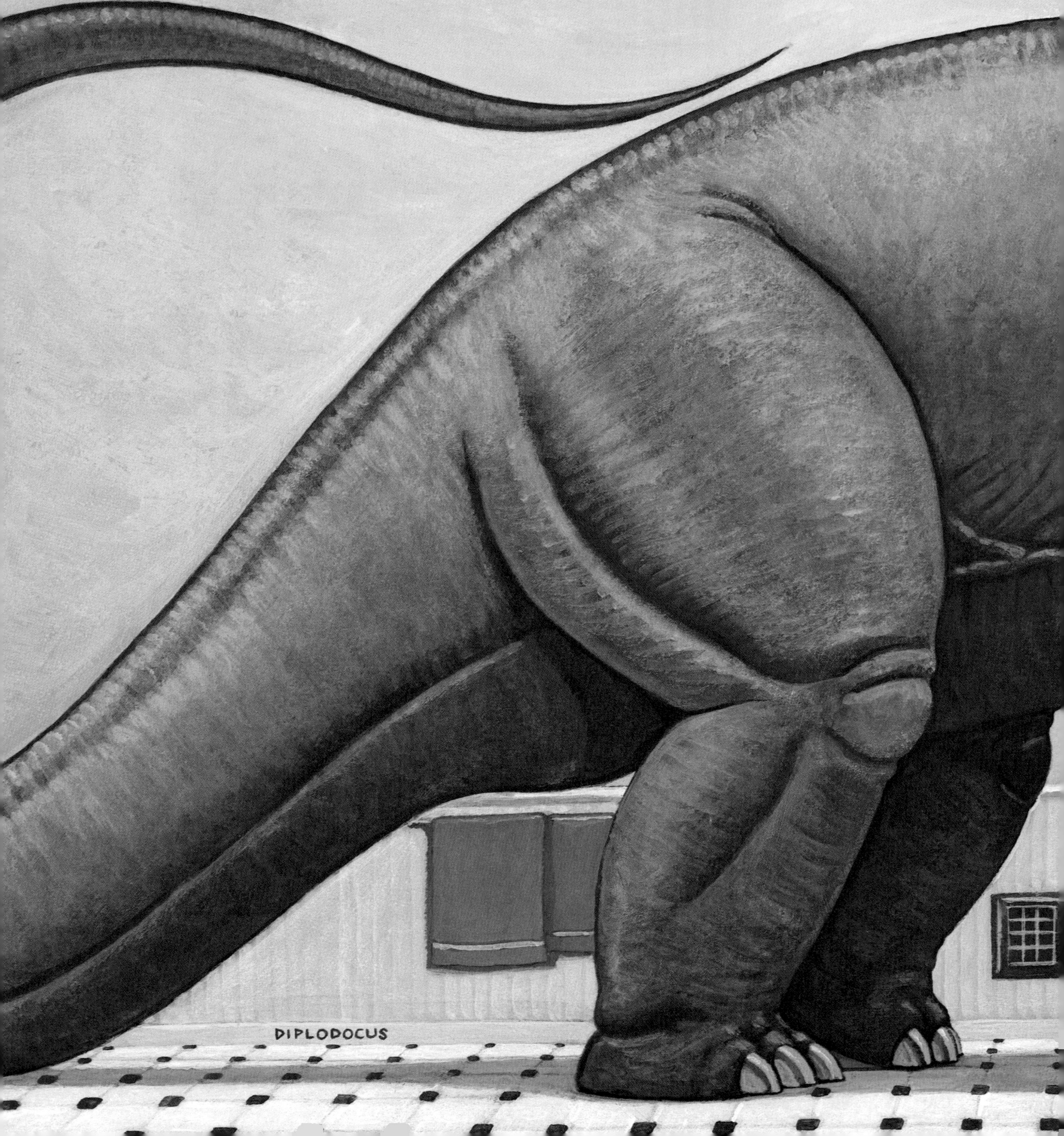

DIPLODOCUS

Cierra los ojitos.
Dice "Buenas noches".
Y mamá y papá
salen de puntillas.

Cúrate pronto. Dulces sueños,

mi dinosaurio pequeño.

EUOPLOCEPHALUS
CARNOTAURUS
TROPEOGNATHUS
PARASAUROLOPHUS
BRACHIOSAURUS
DILOPHOSAURUS
GALLIMIMUS
¡Cúrate pronto!
STYRACOSAURUS
VELOCIRAPTOR
TUOJIANGOSAURUS

Euoplocephalus

Carnotaurus

Tropeognathus

Parasaurolophus

Brachiosaurus

Dilophosaurus

Gallimimus

Styracosaurus

Velociraptor

Tuojiangosaurus